성연 시인선 09

엄마의 살강

심애경 시조집

도서
출판 성연

그리운 엄마와 요양원에 계신 모든 어머니께

　첫 시집을 내며 느꼈던 불안과 기대가 수그러질 즈음 어쭙잖은 글에 사랑과 관심으로 아직은 미숙한 글이지만 요양원에 계신 어머니, 오래도록 건강하게 사시길 기원하면서 『엄마의 살강』을 선보이게 되었습니다

　고향을 떠난 것은 새로운 그리움을 안겨줍니다. 부모에 대한 그리움. 그래서 고향은 영원한 성지가 되고 그리움의 대상이 되었습니다

　해남 바다에서 일생을 바치고 오 남매를 키우시던 가장 위대한 잠언이 어릴 적 『엄마의 살강』에 있음을 나는 믿습니다. 해남 바다에서 일생을 몸 바치신 너무도 가난한 보릿고개 시절 꽁보리밥에 의존하면서도 늘 미소를 잃지 않으신 어머니, 엄마는 늘 그리도 자애로운 분이십니다.

　지금은 부산[해뜨락 요양원]에 계시지만 어머니를 돌봐주신 의료진께 깊이 감사드리며 그리운 어머니와 요양원에 계신 모든 어머님께 이 책을 바칩니다.

심애경 올림

5부. 그리움의 순례

6부. 노을을 빚다

님께 드립니다.

해 어 화

풀어도 풀어도
시리고 아픈 그리움
봉수당 앞에서 내린 한숨
서른셋 송이 흙으로 묻고

하염없는 그 마음
치마폭에 숨긴 태극기 휘날리고
한 맺힌 사연 꽃피우며
목메어 절규하던,
대한독립 만세를 외친 해어화

화성에 핀 서른셋 송이
삼천삼백 송이로
하늘을 물들이던 그 날

님들의 목숨으로 지켜낸
님의 눈물 되어
삼일절 일백삼 주년을 맞이하며
기억하렵니다.

[3월 "삼일절" 우수작 선정평](시와늪 문인협회)

*해어화 : 말을 알아듣는 꽃. 기생/*수원 화성행궁 봉수당 앞에서 만세를 부른 33인의 해어화를 추모)

| 1부 |

요양원에서

바지랑대

두 팔에 매달려서
버팀목 되어주고

가족의 이야기가
빨랫줄 가득 차네

해 질 녘
홀로된 시간
밤하늘을 지킨다

거미

허공에 그물 치고
해와 달 낚는 어부

숨죽여 기다려도
바람만 왔다 가네

빈 하늘
줄 타는 곡예
끝이 없는 인생길

요 양원에서 ― ― 부

*영호남문인협회 작품상 수상작

황혼에 묻히다

샘솟는 사랑 줄기 봉황새 수를 놓고
목도장 새긴 혼인 흙 속에 묻혀 산다
가난한 시집살이에 해 지는 줄 모르네

귀먹은 바람든 벽 등에 진 삶의 무게
한평생 엄니 이마 골 깊은 쟁기질도
정짓간 숨어 운 울음 실밥처럼 낡았다

*제8회 무궁화 벽송시조문학상 수상작

요양원의 하루 1

새하얀 그리움만 송이송이 늘어지고
자욱한 옹이진 삶 향기로 전해온다
마음을 수선하는 소리 슬픔만 뜯고 있다

기억이 자꾸 새어 나이가 더 무서운 곳
소리 없는 절규 속에 비보는 끝이 없네
연명을 비는 어버이날 간절함만 보냅니다

*아카시아 향기 가득한 5월 부처님 오신 날과 어버이날에…. 불기 2566

요양원의 하루 2

한생에 푸른 기억 조각난 생각들이
가는 실 끝에 놓인 힘없는 숨소리도
물 위에 저 수련처럼 수심으로 찰랑거린다

외로운 풀벌레의 연가로 구슬프고
소리 없는 절규 속에 비보는 끝이 없어
눈물은 수문을 열듯 다 흘려보내야 했다

*불기 2566. 부처님 오신 날과 어버이날에

요양원의 하루 3

농익은 아픔보다 겨울밤 시린 비애
자신에 혼 다 녹여 햇빛에 의지한 채
숨조차 빌려야 했던 긴 하루가 너무 멀다

가는 길 막고 서서 모습도 잃어버린
야속한 시간 앞에 저승꽃만 피고 지네
허공에 맴도는 얼굴 물음표만 찍는 날

엄마의 언어

삽으로 도량치고
호미로 글을 쓰며

등줄기 육필 문자
알알이 맺혀있네

무언의
저 삶의 교훈
푸른 꿈을 키운다

바느질

장롱 속 봄옷 모아
바늘이 실을 물고

빛바랜 흔적들을
한 땀씩 이어간다

하세월
부딪친 상처
마디마디 꿰맨다

요양원에서

활같이 굽은 허리
주름살 골을 따라

농익은 아픔보다
훈장처럼 익은 이 몸

숨조차
빌려야 했던
긴 하루가 너무 멀다

천리향

봄 햇살 등에 지고
향기가 그윽하다

돌부리 가시덤불
천 리 길 품어 안고

한자리
팔십 대 엄니
나를 향해 서 있네

보은의 달

찬란히 빛을 내듯
오월의 환생이여

향불로 마음 씻어
허물 다 벗는 소리

어버이
넘치는 행복
웃음꽃이 피었네.

시댁살이

놓아 본 징검다리
돌마다 깊은 사연

물살에 금이 가면
이끼로 상처 덮고

겹겹이
설움 덩어리
강물 얹혀 흐른다

요양원에서 ― ―부

갈매기

별빛이 가득한 밤
바람과 춤을 춘다

영원한 꿈을 안고
바다에 행복 천사

옹이진
수많은 사연
위로하는 길잡이

보름달

우주 속 깊고 넓은
중천에 걸린 저 달

퍼주고 짜낸 만큼
차오른 넉넉함이

고향 집
풍성한 모정
한결같이 빛난다

요양원에서 ― ― 부

질경이

파란 꿈 희망 품고
길섶에 뿌리내려

뭇발길 짓밟혀도
일어선 맑은 얼굴

어머니
꽃대 하나로
꿋꿋하게 피었다

갈대의 일생

무상한 바람 따라
강기슭 품어 앉아

알알이 맺힌 사연
흰머리 풀어 놓고

저 깃발
세월 자락을
잡고 놓지 않는다

엄마 살강

할미꽃

어느 날 펴던 허리
숙여야 편안하던

입 다문 꽃봉오리
원망의 탓도 없이

할머니
한생에 업보
고스란히 지고 가셨다

목욕

물 위에 알몸 되어
사연을 풀어놓고

새 희망 보려는 듯
묵은 짐 닦고 있다

애착을
버리고 나니
무아지경 머문다

한 몸 되다

옹이진 빈 둥지에
그리움 심어 놓고

휜 허리 시린 무릎
갑골 문자 쉼터 되어

울 엄니
지팡이 하나로
버팀목이 되었다

꽃 지다

당신의 이름으로
꽃 등불 밝혀놓고

예쁘게 화장하며
한철을 자랑하다

한마디
불평도 없이
자연으로 돌아가네

섬망의 외출

골 깊은 얼굴 주름
속울음 쏟아놓고

사진관 홀로 서서
영정사진 찍고 있다

청춘을
다 바친 세월
얻은 것은 나이뿐

희망의 언어

바람을 껴안으며
넘어지면 일어나고

세월을 부여잡고
멀리도 나와 있다

유리창
밖의 세상은
꿈이 아직 꿈틀댄다

고향

추억이 익어가는
내 고향 땅끝마을

흙냄새 그리 좋아
가슴까지 물이 들어

탯줄을
묻어두던 곳
엄마 품이 그립다

갈대의 잔상

알알이 맺힌 사연 흰머리 풀어 놓네
비바람 흔들어도 쉬 눕지 않으리라
저 깃발 세월 자락을 잡고 놓지 않는다

굳은 결 마디마다 뼛속을 비워가며
우듬지 꽃을 피운 아버지의 저 용트림
진흙탕 갯벌에서도 대물림한 깊은 뿌리

사모곡

여물지 못한 생애 무겁게 견디면서
고별로 가는 길목 양지 녘 움집* 짓고
아버님 가시는 걸음 극락정토 드소서

묵언의 사연 담아 틔워낸 초록 잔디
살찐 볕 내려앉고 비도 가끔 씻어주네
자애길 흐르는 줄기 봉분으로 빛난다

*움집:움을 파고 지은 집

엄마의 살강

배고픔 한이 서려
바람도 담아보고

빈 그릇 닦아가며
달빛도 채워보니

홀로된
어머니 설움
시리도록 묻어난다

업둥이 (옥수수 1)

한평생 매달려서 초록 바람 흔드시며
안아주고 업어주며 아등바등 살아왔다
잘 익은 당신의 사랑 알알이 박혀있다

고난 속 얽은 몸통 하얀 속살 드러내며
어머니 삶의 무게 자식 위해 와불 되어
다 비운 저 뼈의 울림 깃털처럼 가볍다.

옥수수 2

달래고 업어주고 초록 바람 흔드시며
밤낮으로 매달려서 아등바등 살아왔다
잘 여문 당신의 사랑 빼곡히 심어 놓고

빛바랜 흰머리에 고난을 엮은 몸통
제 살점 뜯겨져도 하얀 속살 드러내며
어머니 이 빠진 얼굴 활짝 웃고 계신다

묵은지

햇살을 담아놓는
장독 속 진리의 길

내 한 몸 숨죽이며
식탁을 물들인다

독아지
옹알이 울림
숙성되는 세월 맛

짱뚱어

썰물에 술래 되어
갯벌 질주 놀이터다

갈매기 날아들면
깊숙이 숨었다가

밀려든
파도 소리에
엄마 찾아 외친다

해남 바지락

김밥

어둠 속 동굴에다
무지개 띄워놓고

세상맛 말아 숨긴
향긋한 저 속내를

작은 섬
바다와 육지
예쁘게도 담겨있다

모내기

저마다 엮은 사연
한 잎씩 뜯어내어

해맑은 푸른 청춘
행간에 글을 심네

못줄에
박음질한 삶
파릇파릇 자란다

해남바지락 — 34

동백꽃 사랑

한겨울 엄동설한
붉은 옷 걸쳐 입혀

연지 곤지 찍어놓고
송이채 꺾어갈 때

어머니
적신 눈시울
저 꽃처럼 붉었지

조개

모래톱 새긴 사연
집 한 채 등에 지고

불꽃 위 짐 벗고서
몸 던지는 저 단심

갈매기
울음보다 도
진한 국물 한 모금

메주

시렁 끝 매달려서
바람과 마주하며

살갗은 갈라지고
푸른 멍 파고드네

얼마나 속이 썩어야
부모 마음 알까나

오징어 1

어부의 손길 따라
행간에 줄을 긋고

갇혔던 울음들을
먹물로 쏟아낸 건

아마도 시를 잘 쓰는
작가였을 것이다

오징어 2

간 쓸개 드러내는
염장의 고통 속에

바짝 마른 몸뚱이
하늘 향해 염원하네

제 몸을
자비 공양으로
환생해서 좋으리

홍시

떫었던 질곡의 삶
발그레 물이 들어

잘 익은 그리움이
한 소쿠리 누워있다

그렇게
푸르던 날도
황혼빛에 물드네

시래기

엮어진 새끼줄에
피어난 푸념 덩이

눈보라 이겨낸 삶
봄 오듯 풀어진다

울 엄니
시래기 맛에
동장군도 녹인다

해남 바지락

썰물에 두어 시간
지는 해 잡아놓고

갯벌에 사랑 찾아
나비별 캐어 담네

울 엄니
한평생 세월
밥상 위에 된장국

두부

맷돌에 흘러나온
가루 된 저 사연들

때로는 엇길 가도
반듯한 인생살이

걸쭉한
어머니 교육
틀 속에 두부 한 모

앞치마

지난날 보릿고개
소중한 엄니 밥상

남몰래 아린 마음
광목에 새겨 놓고

그 향기
넉넉한 사랑
묻어나는 애잔함.

망태

어깨 멘 구럭 망태
푸새를 꺾어 물고

서산에 담긴 사연
하나 둘 채워간다

아버지
손길로 채운
자연 속에 행운을.

*푸새:산과 들에 저절로 나서 자라는 풀
*구럭 망태:새끼나 노끈으로 꼬아 어깨에 멜 수 있는 큰 주머니

장작불

한 생을 아우르고
제 한 몸 스러지면

하나가 둘이 되고
흩어져 남이 돼도

사위는
불기둥 앞에
숨결 더욱 뜨겁다

시집살이

심장을 찔러대는
꽃방석 앉았어도

아찔한 전율 속의
숨결이 여문 자리

사랑에
휘감겨도네
가시 돋친 미로 속

세월 도둑

석양빛 저 그림자
억새풀 더듬는다

못 돌본 텃밭 사이
잡초만 무성하네

한 가닥
고랑 붙들고
몸져누운 어머니

수레바퀴

빈집

땅끝을 휘어감아
오 남매 엮은 탯줄

푸른 꿈 먹고 익은
마르지 않는 사랑

고향집
달빛 조각들
엄마 품이 그립다

엄마의 일상

새벽을 등에 업고
길 찾아 걷는 걸음

바다의 하루의 삶
그물에 퍼덕이다

오늘을
어둠에 묻고
별을 품고 잠든다

수레바퀴

만삭된 짐을 싣고 부러울 게 하나 없다
비빌 수 있어야 기댈 수도 있었지
너와 나 구르는 동안 길이 길을 보듬었다

주인 잃은 담벼락에 뼈마저 앙상하고
빛바랜 동그라미 흔적조차 묻히었다
빈 수레 비명마저도 차마 지르지 못한 채

은행나무

옹이진 깊은 밀어
전하지 못한 채로

왕방울 사리 하나
내 안에 커져간다

곰삭아
넘쳐흐른 사연
향기마저 전한다

꼬물이

봄 햇살 이불 삼아 포근히 잠든 대지
빗방울 건반 치며 두들겨 잠 깨우니
파릇한 웃음 지으며 돋아나는 꼬물이

탯줄을 끊어놓은 아가의 여린 숨결
지구가 열려있고 호흡에 잎이 난다
햇살 든 따뜻한 어미 품속 같은 포근함

연리지

한 기둥 못을 박아
줄기차게 뻗은 근성

실뿌리 땅 다투어
얽히고 섞인 사연

한평생
살을 맞 대고
둥글둥글 살리라

발버둥

가난한 초가지붕
쉼 없이 매질한다

하늘 치는 물보라
흥건히 젖어 들어

천장 밑
새는 빗방울
엄니 가슴만 때린다.

비둘기

펼쳐진 신문지에
하나 둘 내려앉아

새 희망 기쁜 소식
꼼꼼히 전하고파

구구구
평화로운 꿈
하늘 높이 알린다.

기억을 당기다

옹이로 남긴 지문 검버섯 피고 지고
탄식만 남겨놓고 요단강 건너셨다
봉대산 *소쩍새 울음 메아리만 구슬프네

보름달 업은 마을 희미한 채색으로
지난밤 하얀 미소 지으시며 오시었다
고향집 그리움 심고 박음질해 둡니다

*봉대산 -해남 내동리 마을 앞산
*19년해 고향집에서 아버지 기일 날

비의 노래

수레바퀴 — 4부

새벽녘 밤을 때린
바람 끝 비의 연주

은연중 반가움이
근심도 쓸어가네

비워낸
맑은 저 하늘
무지개도 편단다

벚꽃축제

춘삼월 끝자락에
별들이 수를 놓아

걸어둔 가지마다
터지는 팝콘 소리

설레는
연인 가슴에
꽃눈 낙관 찍는 날

독도 갈매기

바람을 휘저으며
푸른 섬 넘나들다

나의 꿈 바위 위에
화인으로 새겨 놓고

대한의
목멘 사연을
비상하며 알린다

독도

갈매기 진한 울음
뜨겁게 끌어안고

동해의 깊은 바다
다 부어 가슴 치던

대한의
자궁 속 광야
평화롭게 머문다

연탄

둥글고 새까만 몸
구멍 난 나의 인생

뜨겁게 달구면서
청춘을 자랑해도

하얗게
재만 남기고
승천하는 생이다

그리움의 순례

바둑

밤과 낮 수십 번씩
쌓았다 부서지고

조바심 두 한량님
기원한 흑 백 공사

지은 집
오간대 없고
또 싸움판 놓는다

새해 소망

인고로 엮은 세월
아픔의 벽을 뚫고

희망의 등불 밝혀
내일 향해 달려간다

또다시
맞이한 새해
기도문이 열린다

봄의 찬가

눈을 뜬 여린 말문 마중물로 퍼 올리며
지나는 봄바람을 꺼질세라 보듬는다
휘황한 청아한 웃음 봄소식을 전하네.

풋내 난 얼굴 내민 고사리 새순들을
세속에 들꽃으로 둥지 가득 채워질 때
사랑에 열꽃이 피네 아픔조차 잊은 채.

코로나 위기

가진 건 빈 몸뚱이
둥글게 살라 하네

옹이진 세상 풍파
소통의 꽃은 핀다

더 이상
아픔은 없다
대한민국 무궁화.

백련

지심을 밝힌 연못
신선한 조명 같네

구김살 없는 웃음
크나큰 신비이다

진흙길
어머니 얼굴
한결같이 빛난다

가을 풍경

푸른 잎 날개 접고
단풍도 익어간다

잔잔한 하늘 위로
농부의 웃음소리

황금들
고개 숙이고
풍년 소식 반긴다

장마

먹구름 마을 덮자
눈물을 앞세우고

소나기 쏟아지자
목 놓아 우는구나

미물인
청개구리도
엄마 생각 그립다

인생

밤하늘 별들만큼
사연 속 그리움들

세월의 상념들로
등짐이 휘어져도

삶이란
고난의 연속
헤쳐가는 큰 기쁨

팽이

두들겨 맞고서야
똑바로 일어서네

시련을 이겨낸 자
삶의 행복 느껴지듯

세월의
고통 속에서
무지개도 보인다

연자방아

얼마나 굴러야지
만석 곳간 채울 건가

가을볕 에움길에
욕심의 무게에 실려

하세월
피어난 사연
저 속에서 익고 있다

징검다리

밤에도 낮인 듯이
물살에 등은 휘고

모성애 분신되어
지문으로 남아있다

그 울음
알아차림으로
빈 가슴만 태운다

그리움의 순례

낙엽 진 산골짜기
달빛을 걸어두고

귀뚜리 벗 삼아서
연주회 열어보니

산새도
떠난 빈자리
가을 홀로 외롭다

여자의 일생

가슴에 돋은 가시
뽑을 줄도 모르고

한평생 지킴이로
상처만 품고 살다

정짓간
숨어 운 설움
아궁이에 태웠다

아버지의 기일 1

짓누른 삶의 무게
내리고 가신 님아

밤이면 가슴 찢는
소쩍새 울음소리

목 놓아
불러 보아도
메아리만 울린다

아버지의 기일 2

새벽길 이슬방울 옷자락에 짊어지고
밤이면 바지게에 달을 지고 오시었다
그 자리 놓지 못하고 집착했던 세월들

고향이 너무 좋아 떠날 줄 모르시다
흙 속에 사시다가 고향 산에 묻히셨네
녹이 슨 묵은 농기구 가루 되고 재 되었네

사랑 고백

여인의 굳게 닫힌
마음을 두드리다

숨었던 말 문고리
뜨겁게 열어보네

피어난
힘의 무게는
둘이 걷는 사랑

노을을 빗다

호수

물빛은 하늘 이고
달님도 자리 틀어

적막한 보금자리
가만히 놀다 간다

한 생각
깊어만 지니
내 마음도 맑구나

민들레

꿋꿋이 피워올린
노오란 이름 석 자

그리움 무르익어
하얗게 서 있더니

오로지
꽃대 하나로
그대 향해 달린다.

벚꽃 생애

개화한 가지마다
속잎은 더 푸르고

숨기면 더 무성한
의혹을 참다못해

쏟아진
생애 멍 자국
하염없이 날린다

새해 기도

살아온 세월 속에
꽃 햇살 피어올라

바람은 구름 일어
한 해의 종은 울고

내 마음
다독여 보니
동녘 하늘 밝았다

사랑앓이

비 오는 밤거리에
전깃줄 새 한 마리

흠뻑 젖은 그리움들
끝없이 털고 있다

두 발은
감전된 사랑
꽉 잡고서 놓지 않네

이끼

그늘 밑 바위틈에
목숨 하나 건지셨다

엄니 몸 그 몇 배로
물들인 파란 세상

강 따라
살아온 날들
멍 자국만 선명하다

인연의 향기

더 깊고 맑은 그곳
유유히 흘러간다

세월도 강물처럼
인연 따라 맺어지고

노을 진
고당봉* 아래
또 한 꿈을 펼친다

*부산 금정산의 높은 봉우리

덩굴장미

심장을 찔러대는 꽃방석 앉았어도
아찔한 전율 속의 숨결이 여문 자리
사랑에 휘감겨도네 가시 돋친 미로 속

가시를 세울수록 태동이 꿈틀대고
뜨거운 붉은 고백 그 한을 토해내며
임 향한 사랑의 불꽃 온몸으로 바친다

고드름

밤사이 자란 옹이
그 사연 단단해져

얼어서 비수 되어
녹을 줄 모르는데

처마 밑
엮은 그리움
햇살 아래 녹는다.

비의 무게

한없이 퍼붓더니
천둥 번개 요란하다

심신을 담금질해
생각도 깊어지네

양심의
정곡을 찌른
물 화살이 매섭다.

낮별(개나리)

실바람 재워두고
봄 햇살 눈을 뜬다

울타리 틈새 사이
노오란 작은 별들

모롱이*
꽃 피운 자리
새 이파리 움튼다

*모롱이:산모퉁이의 휘어 둘린 곳.

손톱 연가

그리움 피어올라
무지갯빛 그려놓고

스쳐 간 사연들을
제각기 물들였다

뜨겁게
익어간 사랑
손끝에서 피어난다

노을을 빚다

열정인 오늘의 삶
붉은빛 비단 한 폭

갈 곳을 서성거린
산 능선 넘는 해야

저 넓은
바다에 누워
하루 피로 녹인다.

결혼

우주 속 가장 멋진
부부의 인연에 끈

한 줄기 희망으로
서로가 한 몸 되어

인생길
축복 속에서
촛농보다 뜨겁다

봄소식

마중물 퍼 올리며
눈을 뜬 여린 새싹

대지에 들꽃으로
미소 가득 채워질 때

사랑에
열꽃이 피네
아픔조차 잊은 채

삼일장 三日葬

사진 속 님에 모습 한마디 말도 없이
한 줌의 햇살같이 외로이 떠나시네
삶이란 다 그렇듯이 시린 가슴 다독인다

한생을 뒤로한 채 삼일장 치르던 날
하늘의 빗소리도 시름을 달래주네
어머니 가시는 걸음 봄꽃으로 바칩니다

*시의전당문인협회 후원회장 정태운 모친 (고) 김분숙 여사의 극락
 왕생 추모글입니다. 불기2565년3월15일

| 7부 |

죽비소리

10월을 맞으며

구월을 삼켜버린
시월을 맞이한다

황금 들녘 출렁임이
곳간마다 가득 차고

계절 중 가장 웅장한
붉은 꿈도 피어난다

변이바이러스 공포증

전 세계 뒤흔들어
풍파에 첨벙대네

있는 듯 없는 듯이
남몰래 서성이다

보란 듯
사방 천지에
고통 주며 진을 친다

첫눈

꿈인 듯 생시인 듯
하얀 눈 뿌려 놓고

어릴 적 소꿉친구
간밤에 다녀갔네

백발 된
너의 모습이
앞마당이 환하다

코로나19 공포증

있는 듯 없는 듯이
남몰래 서성이다

전 세계 뒤흔들며
풍파에 첨벙대네

보란 듯
사방 천지에
악마 되어 진을 친다

가을의 미학

꽃 피고 열매 맺는
생애의 비밀 걸음

무지갯빛 단풍으로
청춘을 불태웠다

온 누리
저마다 밝혀
가는 한 생 치열하다

그리운 고향

죽비소리 ─ 7부

탯줄을 묻어 놓은
모정이 서린 고향

내 살던 오막살이
그 손길 어디 갔나

정다운 고향 하늘만
변함없이 푸르네

주목의 겨울나기

저 하늘 맞닿도록
치솟는 기세만큼

빛바랜 모진 세월
결이 트고 갈라져도

앙상한
육신이지만
침묵으로 재웠습니다

갱년기

바람결 몸을 맡겨
긴긴밤 뒤척이다

또 한 겹 물이 드는
가을날 붉은 잎새

여인의
불타오르는
얼굴빛이 뜨겁다

죽비소리

삶의 업 소멸하여
태우니 재만 남고

바람에 빗질하니
그마저 흔적 없다

석불상
이 몸을 앉혀
제행무상 설하며

청보리밭

여름 볕 번뇌 망상
푸른 멍 감출 때에

황금물결 일렁이며
불상을 닮아가네

보리심
해탈의 경지
부처님의 품이다

붉은 강 검은 피

쏘아라 함성 소리 그날이 생생하듯
부딪쳐 멍든 강물 소리쳐 울음 울고
겹겹이 쌓인 하늘에 피비린내 울컥하네

육이오 순절했던 호국영령 대신하듯
한 맺힌 낙동강은 눈물 강 끝이 없다
온 누리 태극기 휘날리며 고이고이 잠드소서

*6.25를 맞아 72년이 지난 오늘 호국영령을 추모하며.

해돋이

태어난 여린 햇살
수평선 위에 누워

어두움 밀어내며
짠물을 움켜쥐네

섬과 섬
생명줄 잇는
배밀이가 한창이다

나팔꽃

하루를 열어 주는 새벽종 기상나팔
온종일 하늘길 열며 내일의 희망 심고
삶이란 줄타기 곡예 엄마 따라 오른다

색 바랜 기억들을 토해 놓은 담벼락에
인고에 시간들이 곱게도 피어났다
한여름 살찐 볕 아래 옹알이가 그립다

봉정암 순례

저 산사 풍경소리
삶의 길 잡아 주고

구르는 목탁 소리
내 업장 소멸하네

절간에
선정에 들어
내 마음도 걸어두고

깨달음의 회향

돌아서 갈 수 없는 무심으로 걷는 길을
무지갯빛 단풍으로 한생을 불태웠다
만남도 맑은 연꽃 피우며 새옹지마 지나간다

소나기 쏟아지듯 병환 속을 헤매다
붉은 등불 밝혀두고 깨달은 회향의 책
남겨둔 이름 석 자와 극락왕생 빕니다

* 고인 이성 두 시인 사십구재 추모글(능인사)

절경

저 안개 바람 타고
산허리 휘어 감네

넋 놓고 참선하니
이 몸도 구름이요

사방을
둘러보아도
이 산 저 산이 벗이다

도솔암

벙어리장갑

서로를 기대인 채
좁은 방 동고동락

올올이 풀린 대화
실타래 엮어낸다

오 형제
온기 느끼며
무허가로 짓는 집

말뚝

목줄을 매고 있는 새끼 염소 한 마리
얼마 전 잃어버린 어미가 그리운지
온종일 동그라미를 그리면서 시름한다

밧줄의 길이만큼 세상의 중심되어
어미란 이름자를 얼마나 불렀을까
불러낸 그 자리마다 목소리 새파랗다

개망초

한더위 에인 사랑
하얗게 묻어나네

낮과 밤 꽃등 밝힌
여인의 아름다움

임 보듯
화들짝 피어
미소 짓고 서있다

와인잔을 들다

떫었던 질곡의 삶
어둠에 묻힌 채로

적멸의 시간들이
배불리 누워있다

만삭의
깨달은 과보
눈물 왈칵 쏟아낸다

연꽃

바람이 일으켜도
사념에 들지 않고

수처에 탁해져도
사바에 물들지 않네

해탈 속
부처의 자리
삼매 흐름 가득 차다

등산

탐욕에 물든 마음
등지고 올라서서

산 능선 펼쳐 놓고
세상을 다 얻은 듯

하늘 밑
바라본 행복
내 발아래 있더이다

도솔암

도솔산 바람 일어
산허리 끌어안고

가부좌 틀고 있는
득도한 산사 풍경

깨달음
찰나의 순간
비상하듯 맑은 몸

*도솔암—전남해남 도솔산에 있다

감꽃의 성숙

잎보다 많은 감꽃
나무에 똬리 틀고

여름을 불태우며
화인 하나 새길 때

떫었던
푸른 그림자
발그스레 익어간다

종소리

내 안에 키운 옹이
밖으로 밀어내며

삶의 고뇌 몰고 가니
비어서 해맑아라

청명한 무애권선가
온 세상을 밝힌다

눈사람

햇살도 녹아내릴
겨울을 이고 와서

밤새워 쌓고 쌓는
불어난 이야기를

대낮에
흔적도 없이
사라지는 사람아

도솔암 | 8부

설중매

한겨울 에인 사랑
하얗게 묻어나네

엄동에 꽃등 밝힌
여인의 아름다움

임 보듯
화들짝 피어
미소 짓고 서있다

갈매기 사랑

나의 꿈 바위 위에
화인으로 새겨 놓고

바람도 휘저으며
푸른 섬 넘나드네

첫사랑
목멘 사연을
비상하며 알린다

도솔암 ― 8부

봄을 펴다

봄 햇살 이불 삼아
포근히 잠든 대지

빗방울 건반 치며
두들겨 잠 깨우니

파릇한
웃음 지으며
돋아나는 꼬물이

봄비

생명수 끌어 앉는
산통의 숨결 소리

대지가 춤을 추고
새싹이 눈을 뜨네

꼬물이
잠에서 깨어
세상 소식 듣는다

도솔암 ─ 8부

| 9부 |

심애경 시조집 평설

전통적 삶의 평범한 소재를
내면의식 흐름과 섬세함 애정으로
승화시켜 표현

~엄마의 살강을 중심으로

眞木 김명길 시조시인(문학박사)

시조는 삶의 노래다. 그곳에는 사랑이 있다. 삶의
갈등이 있다. 고통이 있다. 소박한 삶의 정서가 꽃을
피운다. 그리움의 꽃이 활짝 핀다. 진솔한 인간의 정이
소록소록 피어난 곳이다.

심애경 시조는 생활의 노래다. 고향의 노래다. 삶의
세계가 알알이 맺혀있다. 생활의 다양한 시적 소재 詩的 素材
를 사용하여 우리의 옛 정서를 되새기게 한다. 시조 작
품 대부분 고된 생활의 전통적인 서정과 어머니의 삶을
애정으로 승화시켜 노래했다. 『엄마의 살강』을 중심으
로 시조의 형태미와 내용 미의 조화, 의식 흐름을 고찰한
다.

첫째 단시조는 3장 6구 12 음보를 지킨 압축된 시어 詩語
다. 시조집에 실린 20여 편의 연시조와 나머지 단시조 平時調
들은 현대시조 창작의 흐름에 편승 된 변형 또는 확장

시키지 않고 음수율과 음보율을 지킨 작품들이다. 김열규 님은 '단시조의 미학과 전망'에서 단시조는 "맵디매운 고추의 시학"에서 "시는 압축이다. 시의 시다움은 그 응축 凝縮, 응결 凝結에 있다. ~ 시는 긴축 緊縮하는 언어다." 시조의 형식미를 '줄일 대로 줄이고 깎을 대로 깎은 언어'가 시조다. 작아서 매운 고추에 빗대어 시조가 고추와 다를 바 없다고 했다. 재미있는 비유지만 시조집의 작품 모두 군더더기가 없는 매운 고추들이다. 그뿐만 아니라 '엄마의 살강'의 시조들은 응축된 시형 詩形을 구별 배행으로 배열하여 시각적 효과를 나타냈다.

　　둘째 평범한 일상생활 속의 소재와 삶 속에서 느껴지는 자아발견의 응결된 시어 詩語로 창작된 시조들이다. 시인은 일상에서 어머니의 삶을 과거의 공간에서 상상력의 극대화로 시적 흐름을 이끌었다. 참신하고 창작력이 뛰어난 작품들이다.

"

배고픔 한이 서려 / 바람도 담아보고 //

빈 그릇 닦아가며 / 달빛도 채워보니 //

홀로된 / 어머니 설움 / 시리도록 묻어난다 //

　　　　　　　　　　　〈엄마의 살강〉 전문

"

　　부엌의 살강을 소재로 '햇보리가 나올 때까지의 넘기 힘든 보릿고개'를 일상생활에서 쓰인 언어로 참신하고 탁월한 비유로 시상 詩想을 구성했다. 시어 詩語의 응축된 뛰어난 조탁 彫琢이다. 산뜻한 문장구성이다.

살강은 부엌의 주된 살림살이로 부뚜막이나 조리대 위의 벽 중턱에 대나무로 발을 엮거나 통판으로 만들어 밥그릇이나 반찬 그릇을 올려놓은 선반이다. 살강은 엄마의 생활공간이다. 굶주리고 허기진 배곯음의 삶이 지금은 없는 살강에서 펼쳐진다. 초장에서 서정적 자아는 온 식구들이 먹지 못한, 먹을 수도 없는 배고픔을 달래기 위해 살강의 빈 그릇에 '바람도 담아 본다'는 가난의 생활을 읊었다.

중장은 먹을거리를 한 번도 담아보지 못한 '빈 그릇을 닦으며 달빛도 채워 보려'는 엄마의 마음은 가슴이 찢어지는 심정일 것이다. 담을 수도 없는 상상의 나래를 그렸다. 식구들이 먹을 수 있는 음식을 준비도 못하는 '어머니의 설움이 시리도록 묻어난다. 고 종장에서 마무리 지었다. 배고픔의 생활, 보릿고개의 삶은 '50년대까지 우리 민족이 겪은 생활'이었다. 빈곤의 악순환 속에서 허기진 배를 움켜쥐고 살아야 했던 옛 삶의 노래다.

셋째 어머니께 드린 사랑과 효도의 의식구조가 시조 구석구석에 맺혀있다. 고향 해남 바다에서 한평생 일하시면서 오 남매의 자식들을 낳아 길으셨던 어머니의 그 크신 사랑을 심애경 시인은 마음속 깊이 간직하고 있는 효도 의식구조를 시조 곳곳에 뿌리내리고 날개를 펼쳤다.

어머니에 대한 효심은 제일 먼저 '고된 삶의 고향생활'이다.

'삽으로 도랑치고 / 호미로 글을 쓰며 //
등줄기 육필문자 / 알알이 맺혀있네 //
무언의 / 저 삶의 교훈 / 푸른 꿈을 키운다' //

〈 엄마의 언어 〉 중에

'삽'과 '호미'는 농사짓는데 필요한 농기구다. 오 남매를 낳아 기르며 교육비를 마련하기 위한 삶의 세계를 한 편의 시조에 담았다. '엄마의 언어'는 해남의 고된 삶의 세계다. 서정적 자아는 일상생활에서 쓰이는 평범한 언어를 세련된 시적 구성 詩的構成 으로 승화시켰다. 초장과 중장에서 농촌의 힘든 생활을 그렸고, 종장에서는 가정의 푸른 꿈을 키운다는 멋진 어머니의 삶이다. 그렇지만 그 일들은 힘들고 고되다.

〈 **엄마의 일상** 〉은 엄마의 일과다. 새벽을 업고 바다에서 하루의 삶은 그물에 퍼덕이고 하루의 마감은 별을 품고 잔다'는 소박하지만 고되고 힘든 일들이다.

가난한 집에 시집온 어머니가 살아온 일상생활 속의 시집살이다. 고된 삶의 세계가 살아 숨 쉬는 노래다. 그 속에는 어머니의 일에 얽힌 슬픔과 고뇌의 정서가 펼쳐진다.

〈 **세월 도둑** 〉 고된 삶의 세상살이 속에서 몸져누운 어머니를 읊었다. '석양빛 그림자 억새 더듬고' 몸이 쇠약하여 밭일을 못하자 '못 돌본 텃밭 사이 잡초만 무성하다'고 했다. 종장에서 결국 어머니는 세월 도둑 때문에 '고랑을 붙들고 몸져 누우셨다'고 읊었다. 자식의 어머니를 공경하는 효심이 어려 있다. 어머니를 시적 정서 속에서 구구절절이 그리는 효심이 깊은 정은 놀라운 효녀임에 틀림없다.

다음으로 어머니에 대한 효심이다. 철학자 칸트는 서양의 윤리를 '이성 理性의 자율성에 두었고,' 우리나라는 '효사상 孝思想'이 윤리 도덕의 근본이다. 효도는 도덕적인 의무이며 우리 사회의 진정한 정체성의 핵심이다.

요양원에 계신 어머니를 위해 『엄마의 살강』이 탄생했다. 시인의 '자서'에 담겨있다. "그리운 엄마와 요양원에 계신 모든 어머니께" 바친다고 시인은 첫 시집을 낸 이유를 밝혔다. 오래도록 건강하게 살기를 기원하는 효성어린 마음이 시구 詩句마다 자리 잡고 있다.

시조 〈요양원에서〉는 서시 序詩 역할이다. 초장은 어머니의 모습이다. '활같이 굽은 허리 / 주름살 골을 따라'의 구절 句節은 농사일과 바다에서 일 때문에 허리가 굽어지고 이마엔 주름살이 골을 이룬다. 중장은 깊은 질병에 늙은 몸이다. '농익은 아픔보다 / 훈장처럼 익은 이 몸'은 익을 대로 익은 질병이다. 훈장처럼 번진 몸은 어머니의 현재의 몸 상태다. 종장은 병고 病苦에 시달린 현실이다. '숨조차 / 빌려야 했던 / 긴 하루가 너무 멀다'의 종장에서 어머니의 노환이 깊다는 현실이다. 시인의 소망은 건강하게 오래도록 사시기를 비는 마음이다.

'요양원의 하루 1' '요양원의 하루 2' '요양원의 하루 3'의

세 편의 시조는 모두 어머니의 병환을 그린 연시조다. '마음을 수선하는 소리 슬픔만 뜯고 있다' '기억이 자꾸 새어 나이가 더 무서운 곳'의 구절은 옛 농사짓고 바다에서 일했던 건강한 모습은 그리움만 남고, 나이가 더할수록 기억이 떨어진다. '소리 없는 절규 속에 비보는 끝이 없네' 결국 연명을 비는 심애경 시인은 빌고 또 비는 효녀이다.

위 3편 모두 여섯 편의 요양원 시조는 어머니에 대한 사랑과 은혜를 다시 한번 생각하고 회상하게 한 작품이다. 시조는 공감의 문학이다. 젊은이들이 효의 의식구조가 담겨있는 작품들을 읽고 실천하는 동방 예의 국의 나라가 되었으면 한다.

넷째 "엄마의 살강"의 시조 제목과 시어 詩語들은 우리 주위에 여기저기 널브러져 있는 것들이다. 일상생활에서 보편적으로 쓰이는 낱말을 구절 句節에 알맞게 배치 시적 효과를 높였다.

"썰물에 두어 시간 / 지는 해 잡아놓고 // 갯벌에 사랑 찾아 / 나비별 캐어 담네 // 울 엄니 / 한평생 세월 / 밥상 위에 된장국"

〈 해남 바지락 〉

시어 詩語 배열이 산뜻하다. 언어 배열이 뛰어나고, 시구 구성 詩句構成이 뛰어나다. 그리고 산뜻하고 참신한 문장이다. 부담 없는 감흥이 샘솟듯 솟구치게 한다.

이 시대의 위로하는 시조집 한권

이도현(시인 · 시조평설 위원)

시조를 쉽게 쓰자. 글을 쉽게 써야 한다. 글이 쉽고 재미있을 때 독자가 많이 따라붙는다. 시조의 경우도 예외가 아니다. 현악적이거나 말 부림이 심한 경우 독자들은 이해하기 힘들다

이같이 쉽게 쓴다고 하여 안이함을 뜻함이 아니다 언단의장 곧 말은 짧되 의미는 길어야 한다는 뜻이다. 다시 말하면 쓰는 과정은 소의 담금질처럼 고뇌하고 성찰하되 표현은 쉬워야 한다는 말이다.

담금질한 무쇠가 단단하고 강해지는 것처럼 며칠 밤을 생각하고 고뇌한 작품이 작품답게 완성되어 오히려 쉽게 읽히면서 깊은 뜻을 함축한다. 그러기에 난해한 작품이 결코 좋은 작품이 될 수 없다.

이번 『엄마의 살강』 제2집도 이러한 천착 과정을 거친 좋은 작품이 수록되어 풍성한 잔치를 벌이고 있음은 큰 기쁨이 아닐 수 없다. 시의 전당 문인협회 심애경 회장의 작품을 보자.

깨어난 여린 햇살

수평선 위에 누워

어두움 밀어내며
햇살을 움켜쥔다

섬과 섬 생명줄 잇는
배밀이가 한창이다

-〈해돋이〉전문

"

　부산 바닷가 해돋이의 장관을 잔잔한 동영상으로 찍어
낸다. 갓 태어난 햇살이 수평선 위에 누워 어둠을 밀어
내며 햇살을 움켜쥔다고 하였다.
　부스스 태어난 여린 햇살은 갓 태어난 신생아이다. 수
평선 보드라운 보료 위에 누워 아기는 지금 어둠을 밀어
내며 울음을 토하면서 햇살을 움켜쥐고 있다.
　해돋이의 장관을 신생아의 출산으로 비유한 가편이다.
이때 해변에선 섬과 섬, 생명줄 잇는 배밀이가 한창이다.
이때부터 바다는 포구를 열고 생업을 시작한다.

"
샘솟는 사랑 줄기 봉황새 수를 놓고
목도장 새긴 혼인 흙 속에 묻혀 산다
가난한 시집살이에 해 지는 줄 모르네

귀먹은 바람든 벽 등에 진 삶의 무게
한평생 엄니 이마 골 깊은 쟁기질은
정짓간 숨어 운 울음 실밥처럼 낡았다

*제8회 무궁화 벽송시조문학상 수상작

—「황혼에 묻히다」전문

심애경 시인의 〈황혼에 묻히다 〉 전문이다. 읽을수록
상 想이 새록새록 솟는 작품이다. 흙 속에 묻혀 흙에 살
았던 어머니들의 생생한 삶의 모습을 이처럼 묘사할 수
있을까? 구절구절이 뼛속으로 절여 드는 아픔의 절차이
다. 특히, 목도장 새긴 혼인,

"귀먹은 바람든 벽" 한평생 엄니 이마 골 깊은 쟁기질,
정지 간 숨어 운 울음 실밥처럼 낡았다. 등의 표현은 은
유와 직유가 융합된 고아한 세계를 절실하게 환기한다.
이 시조에서 목도장, 쟁기질, 정지 간, 실밥 등 잊혀 가
는 우리 고유의 언어를 찾아 예스러운 풍경을 시화함에
성공하고 있다. 옛 어머니들의 서러웠던 생존의 면면을
사실적으로 재생한 가작이다

그만큼 무게가 실린 원숙한 작품이다. 공정을 많이 거친
그래서 잘 다듬어진 읽기 쉬운 작품이다. 시조의 형식이 물
흐르듯 자연스러운 가락으로 이어질 때 의미의 율격까지
동반하게 된다. 시조의 맛과 멋이 여기서 살고 여기서
빛이 난다.

저마다 엮은 사연
한 잎씩 뜯어내어

해맑은 푸른 청춘
행간에 글을 심네

못줄에 박음질한 삶 파릇파릇 자란다

〈모내기〉전문

"

퇴고가 명품 名品을 만든다. 시인은 모를 심는 현장에서 논바닥 공간에 글을 심는다. 모내기란 써레질한 논에 못줄을 띠고 꽃눈을 따라 모를 심는다. 요즈음은 이양기로 모를 심지만 그것을 박음질한 삶, 이라 하였다. 논바닥에 모심는, 광경을 원고지 행간, 에 글을 심는다. 또는 박음질한 삶이라 표현한 것은 신선해 보인다. 이처럼 시인은 사물을 예사롭게 보지 않고 남다른 관찰력을 가져야 한다. 이것이 개인적인 눈의 좋은 발상이다. 시인은 부산 시의전당문인협회를 이끄는 회장으로 수고가 많으시겠다. [엄마의 살강] 두 번째 엮는 시조집 출간을 축하드리며 건투를 빌어드린다.

가슴으로 읽는 시조

신경환

좋은 작품은 그 생명력이 길다. 은유적 거울로서 많은 발품으로 채워가는 중요한 시적 공간이다. 내용도 좋지만 멋진 문장들을 발견하는 기쁨 또한 내가 글을 읽는 이유라 하겠다. 그 이유는 불특정 다수의 사람들 가슴속에서 아름답고 뜨겁게 소용돌이치는 회오리바람이 분다는 것이다.

그 한 편의 '좋은 시조'를 쓰기 위해서는 적어도 수십, 또는 수백, 혹은 수천 편의 고뇌로 써야 했다. 천재라 할지라도 예외가 아니다. 시조는 손으로 쓰는 것이 아니라 엉덩이로 뭉개어 쓰는 그의 시조를 들여다보자

생명수 끌어안는
산통의 숨결 소리

대지가 춤을 추고
새싹이 눈을 뜨네

꼬물이
잠에서 깨어

세상 소식 듣는다.

「봄비」전문

심애경 시인의 「봄비」 시조를 읽으면 창작의 수가 빗방울만큼이나 많아졌다는 것을 알 수 있다. 그 수는 많은 이들에게 희망을 주고, 이 세상 어느 곳이든 독자가 있는 곳이라면 다가가 바짝 마른 대지를 적셔 주듯 사랑의 갈증을 풀어 줄 봄비의 강수량이 될 것이다.

인류가 시작되면서 자연의 순리에 따르는 인간으로 생존을 이어 왔다. 그러므로 왕성한 생명력과 자연과 밀접하게 내통하는 삶의 내면으로 가장 강하면서 여린 것이다. 그래서 이 시의 내면은 강인함을 키워주는 봄 햇볕만큼이나 따스하다는 느낌부터 받는 것이다.

여기서 「봄비」 시조는 자세히 바라보아야 하며 천천히 다가가 정직하게 느껴야만 이 시를 진정으로 이해할 수 있겠다. 결론은 쉽게 다가가면 진정한 시 맛을 볼 수 없는 시라고 할 수 있겠다.

'생명수 끌어안는/산통의 숨결 소리//대지가 춤을 추고/새싹이 눈을 뜨네.' 이를 보면 목숨을 견주어야 얻어지는 것이 삶의 씨앗이다. 생명의 씨앗은 쉽게 얻어지는 게 이 세상에 없다. 이런 가치로 흘러가지 않으면 이 자연의 조화가 지켜지지 않기 때문일 것이다. 자연의 길은 그 길 외의 길을 넘어서지 않는다. '꼬물이/잠에서 깨어/세상 소식 듣는다' 시인의 시조는 자연의 조화로운 미

감을 안겨주는 기쁨 또 한 바다처럼 깊고 하늘처럼 넓다
할 수 있다.

허공에 그물 치고
해와 달 낚는 어부

숨죽여 기다려도
바람만 왔다 가네

빈 하늘
줄 타는 곡예
끝이 없는 인생길

*영호남문인협회 작품상 수상작

「 *거미* 」 *전문*

　　전남 해남 청정 바다가 있는 어촌에서 출생 성장한 시
인이다. 고기잡이를 숙명으로 알고 뭍에 나가지 않고 살
아온 아버지는 늘 바다에 나가 계셨고, 아버지의 마음만
큼 듬직한 그물치고 보이지 않는 바닷속의 고기를 잡아
올리지만 그렇게 넉넉하지 않은 살림살이로 어머니는 아
버지의 허공에 그물 치는 모습을 보다 못해 바지락을 캐
며 목구멍에 거미줄을 걷어 내고 있었으리라.
　　어느 부모든 자식을 위해 희생하지 않는 부모가 어디
있겠냐 마는 유달리 부모의 모습을 보고 자란 탓인지 생

활력이 강한 시인은 그때 그 기억들을 회상하며 거미의 삶으로 의인화한 것은 역시 흥미롭게 잘 묘사했다고 할 수 있으며, 우리에게 눈물을 짓게 한다.

이같이 지금까지 보고 듣고 경험한 것들을 모아온 이야기를 정형으로 엮은 시들이 최소한 진솔로 짜진 언어로 이야기한 것이 *수더분하다. 이런 사소한 일상의 체험을 멋지게 서정화로 그림을 그려낸 시인은 정형을 고집하는 시적 정서에 호감이 가는 시라고 할 수 있다.

이 시를 감상하면서 바짝 가까워지고 싶은 시중에 하나다. 사소한 체험을 통해 서정적 언어로 세상 밖을 끄집어 낸다는 작업이야 말로 그리 호락호락한 일이 아니다라고 결론을 내린다. 평소 끊임없는 수련에 의해서만 그런 능력을 발휘할 수 있다고 못을 박는다.

이제는 한 중년으로 사는 삶의 길을 고뇌와 변화하는 사회 현실 속에 아팠던 현실을 침묵하며 꾹꾹 눌러온 자신의 속내를 문학이라는 큰 타이틀 속에서 시 창작품을 언어로 그려내는 작업은 감히 감당하기 어려웠을 것이다.

하지만 끈을 놓지 않고 깊은 통찰력과 인생관이라는 프리즘을 통해 다시 재구성하고 재해석되는 시조를 내어 놓음으로써 독자에게 큰 사랑을 받겠다. 마지막으로 저자의 『엄마의 살강』 시조집 출간을 진심으로 축하하며 무궁한 발전이 있길 빈다.

*수더분하다: 모가나지 않고 서글서글하여 무던하다.

엄마의 살강

심애경 제2 시조집

초 판 인 쇄 | 2022년 8월 10일
발 행 일 자 | 2022년 8월 17일
지 은 이 | 심애경
펴 낸 이 | 김연주
펴 낸 곳 | 도서출판 성연
등 록 | (등록 제2021-000008호)경남 창원
홈 페 이 지 | https://cafe.daum.net/seongyeon2021
사 무 실 | 창원시 성산구 대원로 27번길 4(시와늪문학관 내)
디 자 인 | 배선영
캘 리 작 가 | 김종기
편 집 인 | 배성근
대 표 메 일 | baekim2003@daum.net
전 자 팩 스 | 0504-205-5758
연 락 처 | 010-4556-0573
정 가 | 15,000원
　 ISBN | 979-11-979561-9-5(13800)

이 도서의 출판예정도서목록(CIP)은 979-11-979561-9-5(13800)
국립중앙도서관 서지정보유통지원시스템 홈페이지(http://seoji.nl.go.kr/)와
국가자료목록시스템(http://www.nl.go.kr/kolisnet)에서 이용할 수 있습니다.